KB201906

물의 가시

시아현대시선 **013**

물의 가시

김다원 시집

인쇄일 | 2024년 09월 01일
발행일 | 2024년 09월 07일

지은이 | 김다원
펴낸이 | 김영빈
펴낸곳 | 도서출판 시아북(詩芽Book)

출판등록 | 2018년 3월 30일
주소 | 대전광역시 동구 선화로214번길 21(3F)
전화 | (042) 254-99665
팩스 | (042) 221-3545
E-mail | siabook@daum.net

값 12,000원

ISBN 979-11-988695-3-1(03810)

* 본 사업은 2024년 천안문화재단 문화예술지원금을 지원받은 사업입니다.

물의 가시

김다원 시집

시아북
詩等BOOK

시인의 말

물은
슬픔을 모를까

평온에도 모서리가 있어
행복하다며 짓는 눈과 입에
신화가 슬픔을 깊이 새기고 있다

먼 길을 간 그대 불러내어 안는 동안
슬픔과 화해하기로 했다. 혼자 하는 화해
찬란한 슬픔이라니, 홀로서기라니, 잊으라니

장마가 구름을 뭉치듯 슬픔을 더 뭉쳐야 울 수 있는가
울음을 내리지 못한 물이 얼어 가시를 만들었다
물의 가시가 사방을 찔러 세상이 춥다

마음 단단한 이에게 묻는다
가시 없는 물

2024년 가을

김다원

▩ 차례

2부
풀잎에 가슴을 베다

3부

어느 남자의 이별 방식

1부

운전사가 필요해

평온의 모서리

가뭇없이 그대가 간 후
눈감은 새가 떨고 있다

흙 묻은 발과 젖은 날개로
낙엽 위에서

뱉어 놓은 열매가 썩어야
하늘로 오른다는 전설 때문이다

가면 벗은 기쁨을 혼자 누리나
단단하다는 평온은 파도의 파편인가

멍멍한 귀가
침묵을 잡고 있다

운전사가 필요해

전쟁터로 가는 남자는
여자에게 알갱이 콕콕 심어 진한 키스를 하지

당신과 나 사이도
진한 입맞춤 있었지 평생 웃을 수 있는

단지 계절을 느끼고 싶어
양지꽃이나 강아지풀 말고

호랑가시나무나
산 목련도 보고 싶어

파도를 보다가
산호초 사이 노니는 니모도 보고 싶어

꿈?

그래 꿈꾸고 있는 거야
꿈이라도 꿔야 당신을 잊지

그래서 사랑은 됐고
운전사가 필요해

양지꽃은 슬픔을 모른다

행복해서 아주 행복해서
불안할 때가 있지

평안과 느긋함에서 나온 웃음
누가 채갈 듯해서

햇살이 내리는 초원에서 풀 뜯는 토끼
독수리가 채가는 것처럼

행복은 빼앗기 전에 주는
진통제인가

왜 불안한 예상은
빗나가지 않는 거야

그렇대도 그렇게
단숨에 목을 칠 수 있나

마지막 인사 할 새 없이
영혼 어루만질 새 없이

그러니

노란 양지꽃이 슬픔을 모른다 해서
그래서 아주 좋아한대도

그저 무덤덤하게
그저 은밀하게

네 안의 사막이
눈치 못 채게

바다로 가는 여자

봄은

잔돌을 깨우는
여울물에 내렸다는데

징검다리 돌아 바다에서
시퍼런 남자가 되었다는데

바다는 사내를 먹고
사내는 바다를 먹었다는 소문에

소파에 앉아 검은 화면을 응시하던 그 사내도
바다로 갔다는데 검은 바다가 그의 등 뒤에서 일어섰고

하얀 물방울이 또 그를 데려갔다는데 그리고
여울을 깨우러 다시 온다는

여자가 기다리는 봄은
전설이 되었다는데

봄은

그 아이 찾으러 가

마당에 하얗게 떨어진 달빛이
동그란 눈으로 묻는다

사슴벌레는 아침부터 왜 참나무를 기어오르는지
밤을 가르는 기차는 왜 생각의 불을 켜는지

낡은 침대 같은 여자는
공중화장실에서 왜 쪽잠을 자는지

화성 아리셀 공장서 불타 죽은 눈망울 크던 라오스 남자
그의 지갑엔 누구의 사진이 웃고 있었는지

마당에 하얗게 떨어진 달빛에게
동그란 눈으로 묻는다

오솔길 지나 콩밭 지나 외갓집 동네
첫 집 마당에 있던 아이는

내 손에 하얀 가루 한 줌 주고 웃었지
달콤하던 그것이 무엇인지 묻게

그 아이 찾으러 가

그림자와 춤을

문득 인 바람 머리칼 흩는다
그 바람 따라 숲으로 간다

신갈나무 잎 찢어질 듯 비명 지르고
도토리가 땅에서 이리저리 휘둘릴 때

그리고

달빛이 만드는 창백한 그림자에 놀라 넘어지려는 때
그대가 문득 손잡아 준다면

품 안의 백자 깨지는 것 상관없이
그대 품에 폭삭 엎어질 것이다

그리고

폭풍처럼 춤출 것이다
그대가 그림자일지라도

사람이 그리우면

사람이 그리우면
숲으로 가서

사마귀도 먹고 반딧불이도
쇠똥구리도 먹을 일이다

물푸레 나뭇잎에 앉은
빗방울도 먹고

다람쥐가 갈잎에 숨긴
방귀도 먹을 일이다

드디어 새벽이 내린
파란 눈의 옹달샘 찾으면

탄성 가득 채운 날개로
산과 바다를 날며 춤 출 것이다

낯이
하얗게 부서질 때까지

그대가 더듬는 곳

가슴에서 나온 기형도 시인의 손은
어디를 더듬고 있을까

시린 손 주머니에 넣고 공장으로 가던
누이의 낡은 발자국?

눈물 글썽이다 전봇대 뒤에 숨어 울던
아버지의 빗소리?

차라리 배고픈 것이 나았어요

열무 팔러 장에 간 엄마는 달이 뜨기 전엔
돌아 오실거란 믿음은 있잖아요

여기저기 몸에 철심박고
허공 더듬어 꺼낸 싹을

달의 표면에 심는 발이 후들거려요

거룩한 사기로 체한 사내가
비틀거리는 버스 옆을 지나고

거지를 등에 업은 남자는
정거장 앞에 주저앉아

지난 가을에 주운 은행을 까고 있어요
팔아야 저녁을 먹거든요

아, 이들이 건넨 편지를 읽다가 그녀는

집에 갈 버스 번호를 잊었어요
택시 잡는 방법도 잊었어요

고드름

차고 딱딱한
너를 보면

도리도리
하품을 하고

먼 산 보고
시계에 눈이 가고

그런데 너 혼자 신나서

녹
고
있
다

그래
딱딱한 너
원래

물

이

야

너를 펄펄 끓게 하고

너를 하늘로 올리는 사람

있을 거야

그런 이

있을 거야

품속의 그림

헐렁한 면 옷 입고
쪽파 송송 썰고

고춧가루 넣고 마늘 간장 만들어
뜨거운 두부 너랑 먹지

오동나무 옷장 가볍지 않도록 걸어둔
외투 꺼내 입고

노란 장다리꽃 나풀거리는 냇가로

그때

걸음 멈추고 꽃 하나 따서
건네 봐

그는 이미 왔고 안기만 하면 되거든
네 마음이 가면

그때

미루나무가 쓰르라미 매미를 안는 것처럼
자연스럽게

쿨렁쿨렁 여울물 흐르는 가슴 가진 그는
허허 웃겠지

봄내 기다리고
여름내 기다리고

그리 살다 영영 못 만나도
섭섭지 않지

그래도 그립거든
품속에 그려 넣으면 되지

구두를 섞는 시간

그대의 방에선 벗어 놓은 옷이
구두를 섞고 있다*

곧 사라질 관계를
욕망하는 것은

인식조차 못 하는 호기심과
예측 불허의 감각을

인화하는

나뭇잎 더듬던 햇살이
나뭇가지 그림자에 잘리고

구름 우는 곳에선
구겨진 신발로 비가 스며들고

행위로 위로받는
고단한 전율과 적막을

선물 받는

흑백 사진 속 박제된 황홀이
박제된 황홀이

구두를 섞는 중이다

* 구두를 섞는다 / 성적 교합의 은유

하늘을 깁는 시간

그대 떠난 자리
먼지 하나 없는 하늘처럼
기우라니

햇살 떨어진 마당
풀 먹은 광목처럼 하얀 소리로
바삭거리라니

금방 구운 바게트처럼
구수한 향으로
춤추라니

깔깔 웃음 안고
산모롱이로 사라지는 바람처럼
살랑거리고

기지개 켜다
다시 잠으로 드는 너처럼
꿈으로 들라니

느닷없이 벼락 맞아
사라진 그대를 두고

슬픔이 그리움에게

그대를 사랑하면 할수록
슬퍼지는 것은

이별이 빌딩 모퉁이서 엿보는 걸
알기 때문이죠

뚜벅뚜벅 검은 창을 든 전사가
그림자로 오고

수수께끼 같은 절정은
종이로 타고

그리고
그리고

그리워할 시간도
사그라지는데

검은 4월

검다
4월,

그리움 떠난 마음
말라간다

건조한 벽
건조한 창문

건조한
건조한

그리고
건조한 아침

불 꺼진 시간을 덮으며 시시한
불편한 꽃이었다고

고개 돌리는
4월

아직도 그런 사이

화려한 화면으로 가는 눈
꼭 감습니다

종료 키 누른 화면에
그대 있네요

바람 불고
나무가 춤추고

그대 발자국 위로
잎이 우수수

떨어집니다

그 발자국 위에 가만가만
내 발을 놓습니다

행여 사라질까
숨소리 죽입니다

오는 줄 몰랐던 당신 갑니다
내 발과 함께 가만가만 갑니다

깜깜한 더 깜깜한

파도가
잠을 삼킨다는 소문에

대숲은
파도와 거래 중이다

사랑의 끝은
왜 눈물이 되는지

그 끝은 또
누구의 설렘이 되는지

그물을 던지다가
두꺼워진 팔이

밤바다에 다시
그물을 던진다

파도는 더 깜깜한 답을
그물에 끼워 넣는다

대숲을 떠돌던 바람
눈을 꾹 감는다

자작나무에 뜨는 달

둥근 달이 떠야

네 이파리가
더 노랗게 되더구나

네 잎이
더 둥그러지더구나

네 몸이
더 은은해지더구나

이별을 해 봐야
머물렀던 순간이 더

빛난다고 해서

그대 더듬던
허공이 더 깊어진다고 해서

네 몸에
달을 그린다

그래서 또 달이
뜬다

버스 안에서

돈은 젊어서 벌어야 혀
나는 직장 20년 다녔어 10년씩

꿈틀거린다 버스 안
노인

죽을 때꺼정 일만 허네
젊어서 벌어놓게 읍씅께

덜컹거리다 널뛰던 차는 급히
멈추고

앞으로 고꾸라지듯 쏠렸다가 몸을 세운다
노인

늙은이들 생각 허간 젊어서 그려
운전사가

거울에 비친 머리도 다 검지는 않다
운전기사

버스닝께 그렇지 밴츠 타 봐
맘대로 스르르 가지

컵에 든 물도 안 흘려

산이 가까스로 안개를 밀어내고
버스는 여전히 안개 속을 가고

잃어버린 신발

신랑
입장!

사회자 말이 끝나기도 전에 그는
오른발을 허공 높이 올렸다

방아깨비 날개 같은 턱시도 입고
어깨를 한껏 올린 채

비너스를 신부로 얻은 듯 신났던 그는
신발 벗어놓고 어디로 갔을까

새벽길 헤매다 다 젖은
길들인 만큼 헤진 신 벗어놓고

.
.
.

모른다 모른다
네게 가는 길

별을 줍는 시간

책이 죽으면
별이 된다는 소식에

그 별을 찾느라
마른 종이가

땀을 뻘뻘 흘린다

비행기가 사라지고
기차 사라지고

꽃이 죽고
먼지가 죽고

가루를 줍는 시간
가루가 되는 시간

하얗다

2부

풀잎에 가슴을 베다

나비가 된 여자

추억은 돌이야

죽지 않는, 언제 꺼내도 변하지 않는 돌. 네게서 시대와 문화와 관습과 지정학적 위치를 찾는, 유전적 요소와 사회 계층이 만든, 덤비지 못하고 듣기만 했던 분노와 흐느끼는 얼굴을 무릎에 넣을 때 들리던 심장 소리, 눈보라에 찢어진 고무신, 그리고 시린 발이 든, 몸은 삭아서 바스러지고 산발한 정신 머무는, 시린 가슴 움켜 해를 등지고 숨어 있는, 시간을 깨뜨려 그녀가 안은 추억과 그 언저리 찾는.

영혼의 복사기는 매 순간을 누르고

'들깨가 가득 으깨진 얼굴' 주름이 자글자글해. 눈 감고 천천히 쓰다듬으면 춘향이 같이 고와질까. 수없이 마주한 전쟁의 상흔에 몇 번의 봄을 들여야 주름이 채워질까. 네 영혼은 아이에 복사되어 사선으로 쏘아보는 눈과 가까이 가면 물러서는 벽을 만들고, 그 주머니에 든 종이돈은 혼자 숨어서 나달나달 늙어가, 그녀의 얼굴에 어머니가 쓴 이야기, 전쟁은 남편을 앗아갔고 살아남기 위해 여자는 몸과 정신을 팔아야 했고, 젖을 막 뗀 아이는 버리거나 남에게 주어야 했고 남의 집 처마 아래서 떨다가 그 집의 종이 되었지. 누구는 첩이 되어 아이를 낳고 그 아이는 지금도 불편한 시선 속에 살지.

너의 시선에 든 불평등

평등하지 않은 시선을 보내는 너도 불구, 조금 높은 지위 먼저 차지한 자리 큰 눈으로 먼저 살펴본 세상이 전부인 양 째려보는 눈을 가진 너도 피해자다. 누구에게 하소연하고 누구에게 불을 품어 상대를 태울지 이마에 주름 만드는 너도. 다가갈 때마다 불쑥불쑥 허공에 주먹을 휘두르고 욕을 뱉는 너도. 그 상처는 돈을 벌어 집을 치장하고 아이들에게 비싼 옷 사주고 기름진 것 먹어도 치유되지 않지.

독 오른 눈으로 쥔 주먹 더 꽉 쥐지 외로워서 돌 속사람들을 소환하지만 늘 꼬챙이로 찌르지. 아픈 엉덩이로 뭉그적거리며 물러나지 과부를 덮쳐서 자신을 낳은 아버지 소환하고 재가한 어머니도 불러낸다. 차라리 고아원으로 보냈으면 잘 살았을 거라며 길러 준 어머니에게 주먹 날리고 그들을 불러내고 또 불러내며 그 아버지의 나이가 되고 어머니의 나이가 되었지.

신음은 나비

그녀가 내는 신음 가늘게 이어진다. 눈 없는 돌멩이는 나비가 될 수 없다. 돌멩이 위 날고 멋진 건물 층계 날고 유리창 넘어 훨훨 풀꽃 사이 나는 나비를 보고 있을 뿐. 한국전쟁과 그 언저리를 산 이들 내밀한 삶의 장소 이야기 나비가 되고 싶은 돌의 이야기.

나비를 위한 열락

돌은 날마다 궁창에서
날 길 소원했다

욕망이 아니라
웅장한 성을 만들기 위한

열락

부서져 어느 담 아래
잠시 햇살 받다가

어느 순간
흙이 되고 먼지가 되고

시간을 헤맨 것에
위안을 갖는

게다가 봄여름
그리고 가을을 보낸

계절을 헤맨
행복한 돌

그리고 또 싸움터에서
총알받이 되거나

맨 앞에서 치열하게
싸울

.

.

.

이제 신발을 벗어라
날자구나

나비

다시 쓰는 꿈

우람한 나무 아래
꿈틀거리는

뱀

긴 막대로 쳐 죽이고
대비로

쓸었다

몇 발짝 뒤 아버지
말씀이 없다

큰 나뭇가지에 척
빨간 뱀 하나 걸쳐있다

공포에 떠는 순간
떨어졌다

밟았다

발에 힘을 주었지만
정말 죽었는지

누구를 죽이고

꿈

어디로 갈까

잇고 싶은 것

이름을 가진 것들이
말을 건다

배미산 가래울 미루나무 쓰르라미
콩밭 매는 엄마의 젖은 수건

장맛비 함석지붕에 떨어지는 소리
새끼 꼬는 아버지 마른 손바닥

오동잎 한잎 두잎 노래
라디오 소리

그들의 소리는 메아리로 오다가
그림자로 떨어져 안개처럼 땅에 스몄다

그 이름 깊어져 바다로 가고
하늘을 날다가 아이 가슴에

서서히 눕는다

이야기의 처음은
삼신할머니 눈물에서 나왔다고도 하고

구부러진 길에서 줍는 초가을
오동나무 사서 선생님

통증이 주는 행복
유배지의 연금술사
짜증이 더 가여워지는 여름

그런 언어를
두 손으로 받는다

노란 집 가까워지면

더는 생각하지 못할
것들

마법의 호접몽

허깨비

찾습니다

횡당보도 하얀 줄에 당신의 주검이
대포 소리를 남기고 갔다는 주검이
몸이 다 흩어져 형태도 없었다는

엄마의 자궁 같은 물에서 콧노래 부르느라
배웅도 못 했어요

발소리

냄새

모양

빵집 모퉁이를 한 뼘 늘린 그림자에도

없는

있는

얼룩진 포장마차
편의점 신라면 봉지에도

없는

있는

눈을 크게 뜨고요
허깨비 찾아준다는 마법사 쫓느라

밤이

깊습니다

빙벽의 뒷면

쓰러진 말뚝이
홍수에 쓸려간 것처럼

잃고도 더는 슬퍼하지 않는 걸음
가볍다

천상 흔들던 춤이 그대를 쓰다듬던 위로가
가볍다

짜글거리는 주름 손등 어딘가에 숨어
슬퍼하고

사타구니 어디쯤 그대 원했던 미소가
웃는다

그리고 시베리아 벌판과 몽골 사막을
헤매던 분노는

늘어진 볼 어디쯤 끼어 있다가
절룩거린다

그리고 그대는

고향 집 마당 가 빨간 맨드라미
변색한 줄도 모르고

그 색이 어디서 와서 어디서 잃었는지
궁금하던 나도 졸고

그리고
옷 한 벌 남지 않을 날엔

바위를 한 번 보듬고 사라진
파도처럼

그 기억 한 번
쓰다듬고

다시는 그 순간을
그리워하지 않을 빙벽

어딘가
있을 것이다

기이한 장막

장례식장 앞에서 사람들이
둥그런 눈으로 웅성거린다

누군가 전한 소식을 듣고 달려온 곳에
죽음이 없다

겅중거리는 발이 공간을
가끔 흔들 뿐

멀리서 메마른 밤을 슬퍼하는 듯
멧비둘기 운다

소식은 소식을 만져보지 못하고
눈에 담지 못한 상황은 그저

어둑한 산으로 넘어가는 관념이고
공허한 단어다

눈꺼풀만 수없이 껌뻑거리며
꺼이꺼이 운다

미망인이란 부고장을 시간이 서두르며 들고 왔지만
받을 손이 먼저 강을 건넜다

안개와 어둠을 분간하고 싶은 검은 고양이
고개를 갸웃하고 숨어서 본다

유영하듯 가볍게 떠오르는 몸을
누군가 잡고 차가운 가슴에 얼굴을 묻는다

흐느끼던 꽃잎 하나
아득하게 멀어져 캄캄한 하늘로 사라진다

밤은 깊어지고
눈이 멀고 귀가 먼 그녀는 영혼이 들어갈 방을 찾는다

'위치 측정 불가'
누구도 찾을 수 없다는 답신이 왔다

행복했던 순간과
죽음 소식을 받은 순간의 다름을 찾는다

본질의 장막은 이미 걷혔고
미지의 예견도 경고를 멈췄다는 답신이 왔다

후텁지근했던 바람이
서서히 물러나고

웅성거리던 이들은 누구를 기다리는지도 모른 채
무념의 표정으로 어정거린다

기이한 밤이다

아버지의 꿈

오직 하느님의 것 잠은
바람결과 빗금 사이에 숨어있는 잠은

밤을 달리는 전사들은 어둠과 새벽의 틈에서
쌩쌩 광기 어린 줄타기 한다

너를 사랑하므로 가 아니라
너를 사랑해 라는 말만 읽고

쌀도 사고
인형도 사러 가는 중이다

잠이 칭얼거리면
주문이 녹아 검은 바다로 간다는 전설 때문에

머리를 흔들며
간다

별이 되지 않기 위하여
별을 세는

눈부시지도 않고
꿈도 꾸지 않는

그런 줄 알면서
그러고 가는 중이다

수평의 잠 위에 수직으로 서서
바스락거리던 종이가

짐을
내려놓는다

하얗게
새벽이 내린다

뜨거운 슬픔

환희는
완전한 동그라미여야 하는가

선택할 자유
숫자 사회

고수의 생각 법
내 안의 거인 깨우기

사람이 사는 동물원
안녕을 위한 장치

거의 모든 순간의 협상

도서관에서 발견한 이 제목들처럼
모든 기억을 돌로 쓴다

기억은 추억은
긴 겨울이 있어야 더 잘 익을까

숙성을 가장한 어른이라는 숫자는
완벽한 것에 보탬이 될까

대지에 살과 뼈를 내리러 간 그의 영혼은
몇 그램일까

맨발로 춤을 출까
랩으로 노래할까

시간의 굴레를 벗기까지
노예인 줄 모르고 산 날에

감사할까

사막 어디로 불려가서
야단맞는 중일까

이제야 궁금하다
그가 죽을 때 어떤 고통 느꼈는지

누구의 형상 잡고
울었는지

파멸된 아름다움에 주는
뜨거운 슬픔이다

비밀의 숲

운명의 여신이
느닷없이

숲에
들었다

썩은 나뭇잎 위 지나다
등산화에 밟혀 으깨진 거미처럼

그대는 소리가 없다
그리고

잠잠하게 저녁을 맞으란
우렁우렁한

명령을
듣는다

가끔은 불행도
새우잠을 잘 것이란 위로를

벌떡거리는 품으로
들인다

스산한 숲에 때로
함박눈 내리고

눈을 더 하얗게 만드는
햇살 내릴 것이란

속삭임
듣는다

여전히 밤을 위한
그물을 짜고

바람이 불고
저녁이 오고

아침 해 기다리고
또 침묵 흐른다

내일을 모르는
숲에

백비에 쓰는 글

네 집은

유배지에서 쏟은
네 하혈을 쌓은 것이다

살아내느라
하얗게 변한 몸

비틀거린 걸음과
뱉어낼 수 없던 욕설이 뒤엉긴

검은 피

그 집 헤집어
사슴벌레 젖은 알 찾아

안는다

네 지문의 부활
보고 싶어서

시간의 갈피에
그 전율

적어야
해서

엄마

하늘이 얼마나 높은지
알고 싶었다

별을 따고
태양을 베어 먹고 싶었다

팔을 하늘로 올리고
엄마 가슴 밟고 올라섰다

엄마 가슴 파고든 까치 발가락
피로 물들었다

꽉 다문 엄마 입술도
핏물 범벅이다

내 손에
하늘이 잡히고

별도 똥으로 떨어지는 것
안 후

그 햇살과 그 별빛 받아
대지를 덮는다

엄마의 피와
살인

대지

그리고
나도 눕는다

엄마가 되었으므로

아이들은 태양을 베어 먹고
별을 따야 하므로

산이 된 여자

수덕사 아래 산이 될 여자
두고 오는 길

앞서 우는 눈물 닦느라 와이퍼는
제 눈물 훔칠 새 없다

스스로 산이 되는 여자
산이 될 여자

흘린 땀이 창문을 때린다
너 자신을 위해 울라는

어머니의 눈물

끝
이

없
다

대숲을 걷는 초승달

댓잎이 흔들리는가 싶더니
작은 새 한 마리 호로록 날았다

달도 보고 새도 보고
대나무가 추는 춤 엿보던 아이

스르르
눈꺼풀이 내린다

아주 잠깐이면 돌아온다던 오빠
머리 쓰다듬던 엄마가

집으로 돌아오는
꿈

사마귀가 뀐 방귀가
기린을 날렸다는 이야기만큼

영원한 잠에 빠진
아브라함을 깨우는 것만큼

어려운 일이다

긴 방학이 지겨워
눈을 뜨고도 이불 속에 있는

열 살 아이나

문을 나서도 갈 곳 없어
옷을 입었다가 벗는

여든 살 할아버지나

결혼이란 말에 고개를 돌리는
마흔 살 고모도

조용하다

부서진 댓잎이 떨어지는 것을
하얀 초승달이

지켜보고 있다

풀잎에 가슴을 베다

잘린 머리카락이 미장원 바닥에
툭 떨어졌다

듬성듬성 흰색 섞인 머리칼 한 줌 집어
시간을 갈라본다

잠자리 잡던 친구들
빨랫줄에서 펄럭이던 배냇저고리

내 걸음 뒤에 떨어진 것들이
하나씩 일어선다

사라진 것들 두고 오는 길
머리에 차가운 빗방울 떨어진다

마른 가지에 앉았던 새 날아가고
절룩거리는 다리도 덩달아 뛰고

시간을 모르는 아이들은
편의점 식탁에 앉아 발가락을 까닥거린다

하늘로 오르는 그들 잡다가
손에 쥔 것을 또 찾다가

풀잎에 가슴을 베였다

물의 가시

김다원 시집

Poems by Kim Dawon

3부
어느 남자의 이별 방식

비밀을 잇는 사하라

오늘 그대에게 오는 인연이
붉은색일지 파란색일지

아니면 서리에 질린
하얀색일지 누가 아나

창밖에 눈을 두고
문을 여는 이유지

솔잎에 앉은 바람을
읽는 이유지

무작정 기차를 타는
이유지

길에서
누구는 칼 맞아 죽고

누구는 설렘 또는
새하얀 진심이란 단어에

줄을 치지

안개 가득한 오솔길에서
오줌이 마려울 수 있고

절벽에 부딪을 것도 모른 채
날기도 하지

누가 아나

당나귀 등에 진 짐이
소금인지 솜인지

지루해서
사는 것이 죽음보다 더 지루해서

눈 감고 급속 페달을 밟아 죽은
영화배우 제임스 딘도 있지

이거 봐

누구나 다른 빛을
다른 색을 좋아해서

연필 한 자루 들고
페르시아 왕자를 찾으러 가기도 해

사하라
사하라

모래가 되기 위해
바람이 되기 위해

사막을 만나는 방법

얼마나 많은 바람을 얻어야
많은 희망을 버려야

사막이 될까

지하도 노숙자
그의 이야기 듣느라

안방을 내어주고
시간을 빌려주는

바람아
차가운 바람아

바람아
뜨거운 바람아

옷자락에 피를 묻히지 않은
바람을 만나러 가야겠다

아니다

바람 들어 헤매는
너를 먼저 만나야겠다

사막의 노래

차르르 차르르

비밀스런 왕국에서 가장 아름다운 것은
황금빛 나체로 비스듬히 누워

마지막 환희 더듬는
네가 아니다

모두는 다 이별이라는
너도 아니다

만월이 언덕을 쓰다듬고 오르면
사막은 분홍색 장미가 되고 그 꽃은

또 이별할 것을
아는 바람이다

사르르 사르르

비밀을 쌓는 왕국의 역사 듣느라
귀를 연 여신이 온다

알알의 사람들은 이야기를 만들다
각각 고독을 얻고

슬픔은 쓰디쓴 전설이 될 것을
아는 바람이다

소르르 소르르

부드러운 곡선에 나신은
비단 이불을 덮는다

낮빛 창백한 너는
고요로 들어가고

누군가의 비밀을 덮기 위해
바람이 또
글을 쓰고 있다

빈 책에

겨울의 흔적

미세한 진동을 남기고
새가 날아간 공간에

낙엽 하나가
긴 줄을 긋고

떨
어
진
다

스러진 겨울

조
용
하
다

어느 남자의 이별 방식

아이를 낳고 이별한 여자 오틀라
그녀는 프란츠 카프카의 여동생이었다

유대인이 아우슈비츠로 끌려가던 때
그녀는 유대인 아닌 남편에게 이별을 통보한다

짐정리를 한 그녀가 배낭을 메자
남편은 몸을 구부려 그녀의 구두를 닦았다

기름을 듬뿍 먹은
방수 구두란 말과 함께

그녀의 구두는 기차를 타고 폴란드로 가
발가락 뭉개지도록 아우슈비츠를 넘으려다가

비 내리는 창고에서 산이 되었다
신발이 쌓인 산

그 남자가 고개 숙여 닦은

처음을 찾으려고

김이 모락모락 나는 칼국수를
한 가락 집어 올리는 순간

펭귄이 앞자리에 앉는다

좌우로 흔드는 펭귄 몸짓이 과하다
수박만 한 얼음이 냅다 뒤통수를 친다

뜨거운 국수 대접에 얼굴을 박았다

온기 가득한 식당에 얼음물 차오르고
펭귄이 저만치 헤엄쳐간다

물고기를 생각하는 순간
비늘이 몸을 덮었다

국수를 포기하자
바싹 말랐던 부레가 부푼다

푸르던 처음 찾으려고
눈을 크게 뜬 물고기

펭귄을 쫓는다

가난한 이의 노래

참 이상해요

휘파람새같이 호로록 꾹 노래하면
높다

멧비둘기처럼 구 구 노래하면
낮다

참새처럼 감나무 가지 오가면
방정맞다

노래하라 불러놓고 이리하시면
그저 사시나무처럼 떨 수밖에요

그래도 꿋꿋하게 앉아 있는 것은
덜 여문 날개로

피 흘리는 상처
감싸야 해서여요

젖은 잎 아래에
알을 낳아야 하고요

물푸레 잎 위로
소풍도 가야고요

그러니

노래해 보세요
먼저

소문의 바다

술잔이 실을 풀어
내일을 짠다

어제는 죽었고 내일은 찬란하다
중얼거린다

붉은 술잔은
강강술래 핑계로

은근히 손을 잡고
가슴을 더듬는 중이다

내일은
꿈에는

천둥벌거숭이로 뛰 놀
초원이 있고

어디든지 갈
바다가 있고

모래로 스며드는
포말이

스멀스멀

소문의 바다를
만드는 중이다

달에 술을 붓다

크고 작은 이야기가
숨는다

눈빛 흐려지는 만큼
그 비밀 분명해진다

한 모금에
그대를 잊고

두 모금에
그대를 찾고

지나간 밤의 그림자와
다가올 새벽을 섞어 술에 적시면

잊은 기억이
잊은 꿈이

달에 술을 붓는다

그 달에 누워
아직도 달이 있는지 생각하는

희미한 눈이
비밀을 캐고 싶다고

달에 또
술을 붓는다

변신

아주 옛날 초승달은

배불러오면 노란색 넣었다가
배고파지면 하늘색 넣었다가

심심하면 절구도
토끼도 넣고

그 토끼 뾰족하게 돋는 감잎에 앉아
하랑하랑 자장가 불렀다지

달이 천천히
잠으로 들면

명료한 영혼만 빗금으로 내려
하얀 강물 되었다지

아!

그 순간 강가에 놀던 개구리
뱀이 날름 삼키네

저 달
초승달에 옛 이야기 쓰네

기도를 위한 명상
- 카파도키아

노란색 스카프를 턱에 두른 낙타가
지그시 눈 감고 앉아 있다

누군가를 기다리는 것은 낙타만이 아니다
one 달러를 외치는 그 주인만이 아니다
수 억 년의 바위만이 아니다

숨고 싶고 떠나고 싶고
버리고 싶은 순간을 살아내야 하는

황량한 바위산에서 희망을 숨겨야 했던
그들의 기도를 생각하는 순간

햇살을 받으며 손님을 기다리던
낙타 주인 얼굴에 웃음이 번졌다

아버지의 손을 잡은 아이가
낙타에 막 오르는 순간

신의 시간 건너는

해바라기는
노란 꽃잎에 이슬을 담고

나뭇가지는
손끝 더듬어 시작의 이유를 찾는 중이다

그대를 잃은 2017년
그대를 더듬는 2023년

12월 12일 12시 12분
20분 20시간 200일

먼지의 신은

강을 건너는
시간을

이슬로
담는 중이다

거인의 시간

얇게 썬 쥐치회가
얼음장 밑을 흐른다

참기름 찍어
너를 먹고 나를 먹고

또
그 무엇을 먹는다

거품에서 비너스가 나왔다고
거품 무는 맥주

번데기가 이마에
주름 잡는다

빨간 입술의 주점 여자
탕탕 산낙지 자른다

비너스를
더는 더듬지 못하게

그 사이 토해 낸 숨이
누런 벽을 하얗게 칠하고 있다

누가 뭐래도 진심인 순간
오늘은 속을 씻고

내일은 겉을 닦고
다음엔 어디를 씻을까

변기에 쭈그리고 앉아
생각하는 사람이 되더라도

세상이 내 손에 있다는
거인들의 시간

응답하라 그대

새벽 베일 입에 문
어린 종달새는

하늘 꼬리에 앉았다가
붉은빛으로 떨어진다

그 빛 품은 강물

회오리
회오리로 돈다

그 강물과 그대
춤추라

아니거든 그 강물
멈추게 하라

아니거든 그대
영원히 죽어라

사이보그 시인

달리다가
만지다가

헉헉거리다가
중단된 것들

덜컹
삐걱

아, 모호한
슬픔의 소리

둔탁한 생존을 입은
유영하는 노동자

별에 가시를 묫고
백사장에 생존을 묻는

끊임없이
묫는

낙엽

닻같이 내려앉은
그늘이다

애벌레 키워낸 기억이
숙고의 시간으로 들어가는 중이다

그리고

네가 걸어온 문서를
파괴하는 중이다

공포와 혼란에서
마침내 책장 너머로 가는 중이다

그리고

시간의 미묘한 틈새에
새벽을 넣고

생명이라 불러주길
기다리는 중이다

부러진 꼬리뼈에 대한 경의

보라색 꽃마리를 사진에 담다가
꼬리뼈 부러졌다

무릎을 꿇고 담은
깨알 같은 꽃이 일으킨

현
기

증

중심을 잃은 것에
꼬리뼈를 잊은 것에 대한 경의를

펄떡거리는 심장과
빼개진 머리뼈 사이에 심는다

나를 홀리고
너를 홀릴

현
기
증

부러진 뼈 사이사이
중심을 세우는

경이

바람아

나무라 해서 다 꽃을 달고 있는 것은 아니다
봄이라 해서 다 꽃을 피우진 않는다
너랑 나랑 이라서 설렘이다
너랑 나랑 이라서 꽃이다
사랑하는 바람아
너, 바람아

물의 가시

김다원 시집
Poems by Kim Dawon